LES DEUX ROIS

AU PLESSIS-LÈS-TOURS,

OU

ENTREVUE DE HENRI III ET DE HENRI IV,

POÈME HISTORIQUE

COURONNÉ PAR LA SOCIÉTÉ D'AGRICULTURE, SCIENCES, ARTS ET BELLES LETTRES, DU DÉPARTEMENT D'INDRE ET LOIRE, DANS SA SÉANCE PUBLIQUE DU 30 AOÛT 1817;

PAR JULIEN LÉRAT,

PROFESSEUR DE LANGUES ANCIENNES ET DE LITTÉRATURE FRANÇAISE.

TOURS,

L.-M.-F. LEGIER, IMPRIMEUR-LIBRAIRE, RUE COLBERT, N.º 106.

1817.

Ⓒ

LES DEUX ROIS
AU PLESSIS-LÈS-TOURS.

DEPUIS qu'à la faveur d'une nuit homicide,
Charles (1), fils inhumain d'une mère perfide,
Et docile instrument de ses cruels projets,
S'était souillé du sang de ses propres sujets,
Et l'Église et la Cour, et les champs et les villes,
Servaient d'affreuse arêne aux discordes civiles.

Vingt partis, dans l'État s'agitant à-la-fois,
Outrageant et le Ciel, et le Prince, et les lois,
Sur eux de l'Éternel appellaient la colère.

Successeur imprudent de son coupable frère,
Le malheureux VALOIS, avili, délaissé,
Du Louvre et de Paris indignement chassé,
Errait, abandonnant ce pouvoir légitime,
Qu'en vain il avait crû ressaisir par un crime.

Sixte (2), d'un Roi sans force ardent persécuteur,
Et d'une injuste cause injuste protecteur,
Avait, contre VALOIS, dans sa haine implacable,

_____

(1) Charles IX.
(2) Sixte-Quint.

Lancé du Vatican le foudre redoutable,
Alors que, dans Paris captif et consterné,
De rebelles obscurs un ramas forcené,
Mais docile à la voix des méchants et des traîtres,
Prenait insolemment la place de ses maîtres.

Quand VALOIS, tout entier à de lâches douleurs,
Se bornait à gémir sur ses nombreux malheurs,
BOURBON, son héritier, favori de la Gloire,
BOURBON volait partout, guidé par la Victoire.

VALOIS avait d'abord, par la haine égaré,
Persécuté longtemps ce héros révéré ;
Mais, fesant sur soi-même un retour salutaire,
Il sentit le besoin d'implorer de son frère
Et l'oubli généreux de ses torts envers lui,
Et contre la révolte un prompt et sûr appui.

Vainement à son cœur parle une fausse honte ;
S'il l'écoute un moment, bientôt il la surmonte.

« Oui ; je veux de BOURBON invoquer le secours :
» A son bras éprouvé je veux avoir recours.
» Son ame noble et grande, ouverte à l'indulgence,
» Si je la connais bien, dédaigne la vengeance,
» Et, plus je l'offensai, plus je crois aujourd'hui,
» Pouvoir, dans mes revers, compter sur son appui.
» Mon outrage est le sien, son injure est la mienne,
» Nos communs ennemis sont la Ligue et *Mayenne*.
» Ces cruels oppresseurs des malheureux Français,
» A nos tristes débats ont dû tous leurs succès.
» Mettons, il en est temps, un terme à nos querelles.

» De mon sort rigoureux vous, compagnons fidèles,
» Allez, vous, dont la foi ne s'altéra jamais,
» Présenter à BOURBON l'olive de la paix.
» Partez, courez, volez; abrégez mes souffrances :
» Je dépose en vos mains toutes mes espérances ».

Ainsi parle VALOIS, et ces mortels prudents,
Des desseins de leur Maître assidus confidents,
Empressés d'accomplir sa volonté suprême,
Vers le camp de BOURBON marchent à l'instant
      même.
VALOIS de tous ses vœux accompagne leurs pas.

Le Héros Béarnais, vainqueur en cent combats,
Précédé de la force et de la Renommée,
Non-loin des murs de TOURS assemblait son armée.
De l'antique *Maillé* ses nombreux bataillons
Couronnaient la colline et couvraient les sillons,
Menaçant à-la-fois, pleins d'une ardeur extrême,
La Ligue et l'Étranger, *Mayenne* et VALOIS même.

Tandis que ce Monarque, au fond de son Palais,
Occupé malgré lui de pensers inquiets,
De la fortune encor redoutait l'inclémence ;
Conduits par le devoir, le zèle, la prudence,
Dans le camp de BOURBON entraient ses députés.
Ils sont à ce héros aussitôt présentés.

D'Aumont s'offre à leur tête. Intrépide et fidèle,
D'Aumont des Chevaliers est le parfait modèle ;
Sa sagesse au Conseil, sa valeur au combat,
Furent toujours la gloire et l'appui de l'État,

BOURBON fait éclater sa bonté tutélaire
Envers ces délégués d'un Monarque, d'un frère.

« Je vous salue, amis: mon cœur, à votre aspect,
» Mon cœur s'émeut de joie, ainsi que de respect.
» Messagers de concorde, envoyés de Dieu même,
» *Henri*, n'en doutez pas, vous révère et vous aime.
» Puisse votre entremise établir à jamais,
» Entre VALOIS et moi l'union et la paix !
» Si tel est son désir, bannissez toute crainte;
» Parlez, amis, parlez, sans reserve et sans feinte.
» D'un frère, assez longtemps injuste, mais chéri,
» La cause fut toujours la cause de *Henri*,
» Elle doit l'être encore, et j'accepte avec joie
» L'augure fortuné que ce jour nous envoie.

» Mais VALOIS me verra: j'irai, dès aujourdhui,
» Sur nos vrais intérêts m'expliquer avec lui.

» Portez-lui cependant, portez-lui ma promesse
» D'armer en sa faveur une main vengeresse.
» Hâtez-vous ; sur vos pas bientôt je marcherai. »

Il dit, et, pour les suivre, il désigne *Mornay* :
Mornay, le confident et l'ami de son Maître,
Mornay, qu'on estima dès qu'on sut le connaître,
Mornay, dont la grande ame et le cœur tout français
Des sentiers de l'honneur ne sortirent jamais.

De ces ambassadeurs la visite imprévue
Dans le camp de BOURBON à-peine fut connue,
Qu'on vit tous les guerriers, appui de ce grand Roi,
Montrer leur méfiance, et même leur effroi.

Ces cœurs, accoutumés au tumulte des armes,
Pour un Maître adoré conçoivent des allarmes.
Les Vétérans surtout, ces hommes courageux,
Que de récents forfaits ont rendus ombrageux,
Tremblent que l'appareil d'une trève perfide
Ne voile un piège infâme, un lâche parricide.

De leur trouble inquiet n'écoutant que la voix,
Tous auprès de BOURBON accourent à-la-fois.
Rien n'arrête l'élan de ces âmes brûlantes.

Tel on voit un essaim d'abeilles diligentes,
Lorsque, des plus doux sucs dépouillant mille fleurs,
Que la brillante aurore arrose de ses pleurs,
Ce Peuple ailé travaille et butine avec zèle.
Si de quelqu'étranger la présence infidèle
Du vigilant essaim vient offusquer les yeux,
On suspend tout-à-coup l'ouvrage industrieux,
On vole vers la Reine, on l'entoure, on la presse,
On lui peint de l'État la prochaine détresse ;
Ainsi, les Compagnons du généreux *Henri*,
Autour de ce Monarque assemblés à l'envi,
D'un ton respectueux, osent lui faire entendre
Ces mots, que leur dictait l'intérêt le plus tendre :

« Où donc est le dessein tant de fois arrêté,
» Où donc est le serment, tant de fois répété,
» De n'aller au-devant d'un Roi lâche et parjure,
» Que pour le terrasser, et laver notre injure ?

» Quoi ! le sage héros qui nous guide aux combats,
» N'apperçoit pas l'abîme entr'ouvert sous ses pas ?
» Aurait-il oublié la nuit épouvantable,

» Où nos Frères, trahis par un monstre exécrable,
» De leurs jours, dans Paris, virent trancher le cours ?
» Veut-on que ce forfait se renouvelle à TOURS ?

  » On n'a pas pû nous vaincre, on cherche à nous
    » séduire :
» On nous offre la paix, mais pour nous mieux
    » détruire.

  » Vous, sur qui désormais notre espoir est fondé,
» Elève de l'illustre et malheureux *Condé* !
» O vous ! dont *Coligny* fut l'exemple et le maître :
» De ce héros, tombé sous le poignard d'un traître,
» Craignez le sort affreux. Tremblez que, dans
    » ce jour,
» Votre tête sacrée, abattue à son tour,
» Et dans le Vatican suspendue en offrande,
» Ne procure à VALOIS le pardon qu'il demande.

  » N'en doutez pas, grand Roi ! vos lâches ennemis
» Sont d'autant plus cruels qu'ils paraissent soumis.
» Leur fureur vainement s'applique à se contraindre ;
» Plus elle se déguise, et plus elle est à craindre ».

En voyant la douleur qui presse ses enfants ;
A cette austère voix de leurs vrais sentiments,
BOURBON sent, au milieu d'une secrète joie,
A de cruels soucis toute son ame en proie.

Mais avant que d'aller où l'appelle l'honneur,
A ses guerriers, frappés d'une vive terreur,
Il fait entendre encor cette simple éloquence,
Qui sur de nobles cœurs règne sans violence.

Il rappelle aux héros qui vivent sous ses lois,
Ce qu'on doit de respect aux paroles des Rois.

« VALOIS revient à nous, dit-il, et j'aime à croire
» Qu'il est enfin sincère et jaloux de sa gloire.
» Désormais à la nôtre il veut s'associer ;
» A ses nouveux serments osons nous confier.

» Ah ! si la bonne-foi, trop rare chez les hommes,
» Était bannie un jour de ce monde où nous sommes ;
» C'est dans le cœur des Rois, arbîtres des mortels,
» Qu'elle retrouverait un temple et des autels.

» VALOIS fut souvent faible, et n'est pas né perfide;
» Cessez donc d'écouter une crainte timide,
» Et de la Providence adorant les décrets,
» En vous y soumettant, méritez ses bienfaits » ?

Comme l'astre du jour, après un court orage,
Écarte sans effort jusqu'au moindre nuage,
Et rétablit dans l'air, aux feux de sa clarté,
Et le calme, et l'éclat et la sérénité ;
Tel BOURBON, aux accents de sa voix éloquente,
De ses braves guerriers dissipe l'épouvante,
Et rend à leurs esprits, un moment abattus,
Le courage et l'espoir qu'ils ne connoissaient plus.

Dans un riche vallon, où l'art et la culture,
Par de constants efforts secondent la nature ;
Sur ces bords où le Cher, vers la Loire entraîné,
Semble suivre ce fleuve en son cours fortuné ;
Où, confondant ensemble et leurs noms et leurs ondes,
Ils versent le tribut de leurs urnes fécondes,

Tandis que le Commerce entretient sur leurs eaux
Le concours assidu de ses légers vaisseaux ;
Près des côteaux heureux , où l'amant d'Erigone
Tous les ans de ses dons vient embellir l'Automne ;
Sous les remparts de TOURS , du côté du couchant ,
S'élève un vieux palais , gothique monument ,
Qui vit de *Charles sept* l'héritier politique
Entouré tristement du pouvoir despostique.
C'est dans les mêmes lieux , et sous les mêmes toîts ,
Qu'un siècle après , le sort avait conduit VALOIS.

De ce Prince inquiet les serviteurs fidèles ,
Pleins du message heureux qui leur prête des ailes ,
De leur Maître , à grands pas , regagnent le séjour.
Le vertueux *Mornay* les suit dans leur retour.

Tour-à-tour agité de crainte et d'espérance ,
VALOIS à leur rencontre , impatient , s'avance.
Leur réponse bientôt a comblé tous ses vœux ;
Immobile un moment , au Ciel levant les yeux :

« Partagez les transports de mon ame ravie :
» Ce jour devient , par vous , le plus beau de ma vie.
» Mon frère m'est rendu ! BOURBON s'unit à moi !
» Qu'à son tour , désormais , il compte sur ma foi !
» Oublions la discorde , et , par notre alliance ,
» Assurons , s'il se peut , le salut de la France. »

Il dit , à la faveur d'un secret entretien ,
De la trève aussitôt resserrant le lien ,
Mornay voit couronner les efforts de son zèle ,
Et dans son camp , BOURBON en reçoit la nouvelle.

» Partons, dit le héros ; hâtons l'heureux instant,
» Que désirait mon cœur, et que mon frère attend,
» D'une union durable allons former la chaîne.
» C'est Dieu qui me l'ordonne ; il m'appelle, il
         » m'entraîne,
» Et son ange avec moi se dispose à passer
» Au-delà de ces flots que je dois traverser (1).
» Hâtons-nous. » Sur la Loire, à ces mots, il s'élance,
Il part ; l'onde sous lui roule avec complaisance :
Il part, et ses soldats, tristes, silencieux,
Sur la plage accourus, l'accompagnent des yeux.

La barque qui le porte, et que Dieu même guide,
Du fleuve obéissant rase le sein liquide.
Les efforts des rameurs, à leur insçu doublés,
Et, par l'ordre d'en-haut, les zéphyrs assemblés,
Du généreux BOURBON rapprochent l'autre rive.
Au gré de ses désirs il avance, il arrive,
S'élance sur le bord, l'embrasse, et, prosterné,
Consacre à l'Éternel ce moment fortuné.

Cependant, de l'heureuse et royale entrevue
La nouvelle rapide en cent lieux répandue,
Sous les murs où VALOIS réside avec sa Cour,
Fait accourir soudain le peuple d'alentour.

Après avoir offert à la Toute-Puissance
L'hommage ardent et pur de sa reconnaissance,
BOURBON vers le Plessis précipite ses pas,

_____

(1) Historique.

Dans le simple appareil qui le suit aux combats,
Entouré des guerriers qui veillent sur sa vie,
Et des valeureux chefs dont sa cause est servie. (1)

VALOIS, en ce moment, au pied des Saints Autels,
Acquittait le tribut de ses vœux solennels,
Et fêtait ce grand jour, où le SAUVEUR DU MONDE,
Du tombeau, tout-à-coup, perçant la nuit profonde,
Et tenant de la Foi le signe radieux,
Reparut triomphant à la clarté des Cieux.

Une longue clameur, dans les airs élevée,
Du héros Béarnais annonce l'arrivée.
Ces cris confus, poussés par mille et mille voix,
Pénètrent dans le temple, et vont frapper VALOIS.
Il quitte, en tressaillant, le divin sanctuaire :
Il sort ; ses yeux, son cœur reconnaissent son frère ;
Ses bras s'ouvrent de loin, prêts à le recevoir ;
BOURBON lui tend les siens. Empressés de se voir,
D'un pas précipité, l'un vers l'autre s'avance.
Leurs avides regards franchissent la distance.
Cependant, le concours d'un peuple curieux
Oppose à leur élan un obstacle envieux.
Mais bientôt, le respect reprenant son empire,
La foule, devant eux, s'écarte et se retire.
Le chemin est ouvert : moment touchant et doux !
BOURBON court à VALOIS, et tombe à ses genoux,
De l'appeller son Prince il implore la grace :
VALOIS, avec transport, le relève, l'embrasse,

(1) Historique.

Le presse sur son sein. Des pleurs délicieux (1),
Des pleurs de sentiment s'échappent de leurs yeux.
Ces noms sacrés, ces noms de frère, d'ami tendre,
Sont les seuls qu'à-la-fois ils puissent faire entendre,
A vivre l'un pour l'autre ils engagent leur foi,
Ou de périr ensemble ils s'imposent la loi.

Du Peuple, à ce tableau, l'ivresse se déploie.
L'écho redit au loin les accents de sa joie,
Et répète ce cri, ralliement des Français,
Au milieu des revers, au milieu des succès.

C'est toi surtout, c'est toi, ville trop fortunée,
Qui, de tours et de lis la tête couronnée,
Règnes sur ces vallons où Flore tient sa cour,
Beaux lieux, de la Nature et l'orgueil et l'amour ;
C'est toi qui, dans ce jour de publique allégresse,
Et parmi les transports de la commune ivresse,
Fis encore éclater ce zèle pour tes Rois,
Qui, bravant les dangers, t'illustra tant de fois.

De cette scène auguste, ô ma belle patrie !
Conserve en tous les temps la mémoire chérie.
En pensant au héros qu'elle offrit à tes yeux,
Et qui de ses bienfaits honora nos aïeux,
Songe à garder aux fils de cet excellent père
Le plus constant amour, la foi la plus sincère.

Plaçons-le désormais entre les jours heureux,
Ce jour qui, rapprochant deux Princes généreux,

(1) Mémoires de l'Estoile.

Fut du salut public la consolante aurore.

Paris, qu'un joug de fer asservissait encore,
Aux armes de son Maître allait s'ouvrir enfin,
Quand, portant sur VALOIS sa parricide main,
Un Monstre, dont l'Enfer alluma la furie,
De ce Roi malheureux trancha la triste vie.

Mais BOURBON lui succède. Après mille combats,
Sa valeur, ses vertus, soumettent ses États.
Il les gouverne en Père aussi tendre que juste,
Et donne enfin naissance à cette race auguste,
Qui, nous rendant nos mœurs, notre culte, nos droits,
Fait revivre *Henri* dans le meilleur des Rois.

FIN.

www.ingramcontent.com/pod-product-compliance
Lightning Source LLC
Chambersburg PA
CBHW061447170626
46811CB00005B/2410